Bibliografische Information der Deutschen Nationalbibliothek: Die Deutsche Nationalbibliothek
verzeichnet diese Publikation in der Deutschen
Nationalbibliografie; detaillierte bibliografische Daten sind im Internet über dnb.dnb.de ab-
rufbar.

Herstellung und Verlag: BoD – Books on Demand,
Norderstedt
ISBN 9783746046310

Daniela Sibylle Schaffer

- Narbe im Nabel -

Roman

"Charlotte!!, packen!"

"Eben habe ich den naechsten Auftrag
reingefahren."

"Toll, fuer wie lange?"

"Sieht gut aus mal was ganz anderes, war
schon lange mit denen in Kontakt, hat
aber nie richtig gepasst, womoeglich
haben die mal gemerkt was ich eigentlich, noch, darauf hab."

"Ueber wen?"

"England!, ist auch gut so."

"Um was gehts dabei?, Management."

Lachen konnte sie jetzt eigentlich nicht wirklich oeffentlich, haette es aber gerne getan. Drehte sich um und ging zum PC, wann hatte sie die E Mail an Dieter abgeschickt.

Flin stand auf der Trasse der Boden aus Holz, der Belag ein Teppichboden der wie Gras aussah. Wie ein Wolf heulte er, und das in diesem Dorf, natuerlich irgendwie passend. Das Dorf 20 Kilometer der Grossstadt entfernt.
Eine Wohnung die alles hatte, vom Besteck bis zum Haarschampoo alles war da, inklusive der Hausbewohner der sogar die Cocktails mixte. Ueber die Companie die Wohnungen vermittelten gefunden. Pauschal, alles war in der Miete enthalten. Waere es nicht so dramatisch gewesen weswegen sie hier waren, haette es vielleicht ganz schoen sein koennen. Aus der normalen Welt hinaus katapultiert so empfand es Charlotte, als auch Flin, er ein Fahrtenhund mit aller besten Anlagen, darum hatte sie ihn ja auch. Erst er dann der Falke. Lange schon traeumte sie davon so zu jagen, es war wohl die humanste, Falke schlaegt, Flin bringt, so dachte sie sich das. Natuerlich noch keine Ahnung davon, aber sie beschaeftigte sich ja auch erst seit kurzem damit. Die Gegend waehre natuerlich auch geeignet, aber man benoetigt

eine Jagd dafuer. Ueberhaupt kam alles
so ueberraschend, mit diesem Job hier
hatte niemand gerechnet. Er war auch so
anders als die vorherigen, unterstuetzen
konnte sie nicht, und wenn, dann nur
moralisch. Also war ueberbruecken
angesagt, und Flin irgendwie bei Laune
zu halten.
Es war Fruehling und in diesem Bundes-
land Leinen zwang. Alle Katastrophen
kamen in diesem Fall zusammen. Leine
nicht gewoehnt, keine Faehrten,
ungluecklich. Ueber die Falken dachte
sie noch einmal nach, denn eine Kappe
ueber den Kopf, und eingesperrt,
vielleicht auch nicht das Richtige.

Als Strafe empfand sie es als sie
hierher musste, solch ein Leben war sie
nicht gewoehnt. Es war jedoch gut es
erlebt zu haben, denn sonst haette sie
die falschen Entscheidungen gefaellt. Es
war ihr bis zu dieser Zeit nicht bewusst
wie elend so manche Kreatur leben
musste. Jagen vielleicht doch nicht so
das Richtige fuer sie.
Ein Sackdorf war es, also frueher, man
fuhr in das Dorf hinein und musste auf
dem gleichen Weg wieder zurueck. Ringsum
war die DDR, nun nicht mehr, aber wenn
man weiterfuehre eben immer noch anders,
die Haeuser haesslich, Monokultur der
Waelder, also fuhr man nicht dort hin.
Mit meterlangen Leinen war sie nun
endlos mit ihm unterwegs. Nach einigen
Wochen schon leicht unruhig, denn der

Auftrag wollte auch nicht so richtig
gelingen. Es lag an den Vorhaussetzungen
der Leute, dass es so schlimm war, war
nicht zu ahnen. Es wurde immer deutli-
cher, dass ein schnelles Fortkommen
nicht moeglich war.
Ein kleine zierliche Frau gesellte sich
immer oefter zu ihr. Auch sie einen Hund
der aussah wie ein grosser Spitz aber
irgendwie braun meliert. Pecki mit
Brustgeschirr unterwegs, eine grosse
Infallibility Hundedame, sehr gehorsam
von Flin begeistert. Wie auch Frauchen
von den Erdbeertoertchen unter dem
gruenen Sonnenschirm auf der Terrasse.
So manches erzaehlte sie, auch von ihrer
Tochter die es die letzten Jahre wohl
nicht so gut getroffen haben mochte.

In Indien hatte sie gelebt von einer
Deutschen die dort eine Klinik betrieb
schamlos ausgenutzt. Nur weil sie eben
in Indien stand, diese Klinik, viele
Leute zieht es nach Indien weswegen,
unklar. Sie beobachtete das schon sehr
lange, dass wenn Menschen einmal in
Indien waren so seltsam zurueckkommen.
Ein anderer Traum von Charlotte war es
einmal einen Elefanten zu streicheln,
aber dafuer nach Indien?, kam nicht in
Frage, fiehl also aus.
Kerstin hiess sie, Kerstin, wobei
Kerstin nicht wirklich wichtig war.

Es war Sommer, das Wasser der Pferde
bestimmt warm und schon etwas abgestan-

den, das Rolltor zur Strasse oeffnete
sich und Kerstin ging hinaus. Charlotte
zur Koppel zwei Stuten mit Fohlen. Flin
hinter dem Tor zur Koppel, angebunden,
vor Angst er koenne zum Rolltor hinaus
rennen das staendig auf und zu ging,
Pferde haette er als Beute gesehen.
Eigentlich war ich nur noch mit dem
Tierwohl beschaeftigt, Aerger stieg auf,
wie kam sie eigentlich dazu die Pferde
von anderen Leuten zu traenken. Ein
Pferdezuechter hat nun mal dafuer zu
sorgen, dass die Tiere mit denen er ja
Geld verdiente Wasser hatten. Und ueberhaupt Flin braucht keine Erziehung, denn
hier gehoerten wir nicht hin, niemals
wird sie sich hier eingewoehnen.
Warum eigentlich hier her?, und dann im
Management?
Also wenn eines sicher war, ein Manager
war ihr Mann nicht, darum wuerde sie
sich die Zeit so schoen wie moeglich
gestalten. Ein Auto musste her, und ein
Urlaub geplant, der in Frankreich
abgehalten werden sollte. Denn nur dort
gab es Straende an denen es noch
moeglich war Hunde mit an den Strand zu
nehmen. Eigentlich war sie kein Fan von
diesem Land, doch am Strand gab es nun
mal kein Wild und Flin koennte sich mal
richtig austoben.
Vor dem Start hatten sie noch eine
schoenes Haus mit abgeschlossenem Garten
gefunden, das nach dem Umbau noch den
letzten Schliff bekam, der Garten war
noch nicht angelegt. Der Mietvertrag

doch schon unterschrieben. Ein Bekannter
von Kerstin war es der es erstand,
umbaute, und dann vermietete.

2.Kapitel

Frankreich flog an ihr vorbei.
Es wurde immer offensichtlicher dass
ihre Ehe sich auf berufliche Aktivitae-
ten beschraenkt hatte. In dem Bereich
indem ihr Mann nun taetig war konnte sie
nicht mitreden. Das was sie nun in der
kurzen Zeit in diesem Dorf erlebt hatte
veranlasste sie nun wirklich nicht in
irgendeiner weise taetig zu werden. Ein
Gedanke erfasste sie, war es wohl
moeglich dass nicht nur ihr Mann sondern
auch sie abgehaengt werden sollte?, es
war nun mal Dieter der meinen Namen
kannte, die andern Leute wussten das ja
nicht. Es gab ja Datenschutz, welch ein
Spass waere es nun ihn in eine solch
schreckliche Situation zu bugsieren wie
er es jetzt mit ihr versuchte. Herrlich,
endlich herrschten wieder normal
Verhaeltnisse, ein Test wuerde sie
durchfuehren, einfach mal so tun als
ginge sie das nichts an was die

Vorvaeterchen und so taten.

Eine Apartementwohnungen Ferienanlage
war es, mit Hotel. Das Hotel direkt am
Strand. Ein Hof in dem man das Auto
parkierte, eine Tuere zum Einchecken des
Gepaeckes. Der Rezeptionseingang vorne
zum Meer hinaus. Endlich konnte sie
etwas von Frankreich erkennen, den
Geruch von einem Putzmittel das gerne
zur Desinfektion verwendet wurde,
dieses, nur in Frankreich im Einsatz
war. Als sie ankamen lag es noch in den
Hotelgaengen, im Parterre lag ihr
Zimmer. Natuerlich ideal fuer Flin, mit
Balkon und Meeresblick. Um keine Zeit zu
verlieren war die erste Frage die sie
der Damen an der Rezeption stellte.

"Haben sie auch einen Safe?"

"Oui Madam, la."Safe

Er befand sich hinter Charlotte, und es
waren eine Menge kleiner abschliessbarer
Boxen.
Die Dame war zuvor vorausgegangen zeigte
das Zimmer, schon wie die Damen die
sauber machten sich bewegten, anders.
Wie sie auch mal so manchen Eimer laut
auf dem Steinboden abstellten, lauter.
Da wo sie herkam haette man gesagt:

Mann, da ist aber Leben in der Bude,
wunderbar, endlich wieder mal normale
Leute, hier war sie richtig. Devotismus,
wenn es dieses Wort ueberhaupt gab,
waren ihr nun mal ein Greul. Und genau
das war der Eindruck der letzten paar
Monate in diesem Dorf, die Leute bewegten sich als seien sie ueberhaupt nicht
da, nicht wahrzunehmen einfach.
Und genau so sahen auch ihre Badeanzuege
aus, die dort gekauft waren. Sie zog sie
sofort an begutachtete sie noch einmal,
ob man dann nichts machen konnte, um sie
auf Frankreichstyle zu trimmen. Aber
Fehlanzeige, keine aber auch gar keine
Chance gab es. So, wurde sie auf keinen
Fall hier am Strand herumlaufen. Der
eine in einem natogruen ohne Koerpchen,
der andere in einem azurblau mit Koerpchen und dazu noch an der Vorderseite
gerafft, ein Kaschierbadeanzug war es.
Die diese Damen tragen beim Fruehschwimmen, auch solche Bademuetzen mit anein-
andergereiten Nailonbordueren die dann
wie Blumen aussehen sollen. Man traf
diese Damen eigentlich immer nur beim
Fruehschwimmen an, des kaschierens
wegen. Es gab solch eine Frau auch im
Dorf im Schwimmbad, jedoch ohne Muetze.
Wenn sie an einem vorbei schwamm, so
bildete sie sogar eine Welle, die wenn
man sich umdrehte noch laenger im Wasser
zu sehen war.
Die hatte nenn richtigen Bug.
Ja nenn Bug hatte die, boa, brutal!
Meer fiehl aus.

Stadt, am naechsten Tag, ein ganz ein
schickes Teil sollte es sein. Der ganz
fruehe Morgen begann am Strand, mit
Flin, er sich so vergnuegte, in dem
Sand, den er nicht kannte, vor dem
Wasser am Meer davon lief, das er ja
nicht kannte. Welch eine Entspannung es
war, auch andere gingen mit den Hunden,
niemand kaeme in Frankreich am Strand
auf die Idee seinen Hund anzuleinen,
diente es nicht der Sicherheit, voellig
ausgeschlossen. Sie liessen den Tieren
ihre Geselligkeit.
Mit knurrendem Magen, erst um 7 Uhr
Fruehstueck, stehend im Fruehstuecks-
raum, der klein, uebersichtlich war. Ein
auf die Wand gemaltes Bild, farbenfroh
das Meer zeigend mit Boot. Kleine
Terrasse mit knieueberragender Mauer,
auf der Tische standen, gut fuer den
Gast mit Teller, zu umrunden. Da
Charlotte gewillt war trotz Urlaub nicht
die Morgenschwimmeinheiten danach zu
erhoehen. War es eine Schale Joghurt und
ein halbes Croissant ohne Butter das sie
ass.
Im Supermarche fand sie schon das
richtige Teil, ein Traum in schwarz, eng
anliegend, die Beinoeffnungen groesser,
schwarze Rueschen im selben Stoff ueber
dem Brustteil. Ach wundervoll, dieser
Beinausschnitt, wie lang die Beine
dadurch wirken.
Mittagessen im Stadtcentrum, sie hatten
nur Halbpension gebucht.
Ein Platz getaucht in die Sonne des

Suedens, Platanen die den Schatten
spendeten, und Restaurant an Restaurant,
so manches auch erhoeht auf einer
angelegten Terrasse, wo dann wieder die
Terrassen der Restaurants waren. So
sassen die Leute tranken Kaffee oder
Menthe a l eau, den gruenen Pfefferminz-
trink der aus einem Sirup besteht und je
nach Geschmack mit Wasser verduennt
wird. Schnurstracks auf solch eine
Terrasse. Ein Mann von grosser Statur,
kurze Hosen das Hemd darueber, einen
Sonnenhut, und was das lustige war einen
Jorkshirehund, also Terrier, der gerade
auf seinen Unterarm der Laenge nach
passte, so trug er ihn, er kam ihr
entgegen. Seine Begleitung junge
Maenner, alle so dunkel wie er. Er sah
Charlotte genau ins Gesicht, grueste,
sie, natuerlich zurueck. Aufatmen, sie
gruessten, sie wussten dass Charlotte
immer gegruesst hatte, Mama war eben
dazwischen geschaltet. Ob Dieter sie
jemals geruesst hatte wusste sie nicht.
Profitiert auf irgendeiner weise hatte
er bestimmt.
In Dorf gruessten die Leute nicht,
gehoerten die womoeglich alle zur
anderen Fraktion. Am Tisch, sofort
packte sie den Badeanzug aus im
Urzustand sollte ihr Mann ihn sehen, vom
Beinausschnitt passte es eben noch nicht
so wirklich. Vom Ehrgeiz dass es bald
passen wird, gepackt bestellte sie
Kaffee, naturlich ohne Zucker.
Zwischen Zeigefinger und Daumen hielt

sie ihn, drehte in hin und her.

"Ist der nicht schoen!, dieser Badeanzug?"

Ihr Mann lehnte es kategorisch ab, Dinge
die man gekauft hat im Lokal auszupa-
cken, sie dort zu begutachten.

"Ja toll, aber pack den mal wieder ein,
das gehoert sich nicht."

"Ja, Ja. aber toll ist er, und schau mal
die Baendel da, die werde ich so binden,
dass da nichts verrutschen kann, die
werde ich nicht um den Hals binden,
nahtlos braun soll mein Oberkoerper
werden."

Im Geiste schon bei den Fruehschwimmern
packte sie ihn wieder ein. Und wenn sie
an der Bugwelle der Damen vorbeikommt,
einfach unter der Welle durch tauchen,
statt wie bisher die Wasserspritzer wie
bisher im Gesicht zu haben.
Am naechsten Fruehstueck nahm sie dank
Intermarsche teil, wie alle anderen
Leute auch. Es war so gegen 9 Uhr, die

Terrasse und der Raum schon gut
gefuellt. Dass Charlotte attraktiv war
wusste sie, denn die Maenner schauten
immer, doch nun war es anders, auch die
Damen taten es, in Frankreich schauen
Frauen niemals attraktive Frauen an,
aber diese taten es. Ihr Blick ist
anders geschult, wenn sie sich kleiden,
kommt es auf jedes Detail an, alles muss
stimmen.
Wessen Blick soll geschult sein, wenn
wie die Damen zu Hause T-Shirt, heiss
Bermudas.
Kalt, lange Hosen sie tragen.
Am Detail kann es nicht gelegen haben,
so wie Charlotte angemustert war. Bereit
zum Strandgang, mit Rock weiter Flatter-
bluse und geschlossenen strandtauglichen
Schnuerschuhen. Den Stoffhut im Gesicht,
die Sonnenbrille auf, so latschte sie
beschwingt dem Duenenzaun entlang, der
Hund im Gruen, ihr Mann mit langen
storchenartigen Beinen, doch weiss, sehr
weiss, hinterher. Die anderen Leute
blieben in Naehe des Hotels, bei jedem
mal wenn sie zum Strand abbiegen wollte,
hiess es.

"Weiter, noch etwas weiter."

An was es nun gelegen hatte, unklar, an
den weissen Beinen?, oder dem schwarzen

Badeanzug.
Doch eher an den Beinen, wer hat denn
schon solche Beine.
Im Wasser verbrachte sie den Tag, den
Wellen mal quer mal links und rechts
nachtauchend, Flin beschaeftigte, weil
beunruhigt. Seine Pfoten immer knapp am
Wasser, doch es war nicht anders zu
machen der Sand zu heiss fuer seine
Pfoten, und Flin wich ihr nun mal nicht
von der Seite. Unmoeglich deshalb sich
lange am Badetuch aufzuhalten, und wenn
sie es tat, so steckte Flin ein unglaublich grosses Gebiet um dieses Tuch ab.
Das wiederum auch nicht ging, ein Radius
von 50 Metern in alle drei Richtungen,
zu viel, und der wurde dann richtig
zickig. Sie wusste ja vorher nicht wie
er reagiert am Meer.

Eine Jacht kreuzte, nicht unweit auch
Windsurfer, recht nahe an Charlottes
Schwimmgebiet.
Eines Tages schwamm sie auch hinaus aufs
Meer eine Jacht so wie hier, dorthin
wollte sie schwimmen der Sog des Meeren
gewaltig, fast nicht mehr ans Land
geschafft. Damals dachte sie noch nicht
an die Tiere die da unten so herum-
schwimmen, erst als die Griechen ihr
davon erzahlten von den riessigen Moerae-
nen die es dort gab setzte ein Nachden-
ken ein, als ihr Mann es noch aus Spass
verstaerkte noch mehr. Aber in Griechen-
land gab es auch merkwuerdige Gebraeuche
ein Mann bot ihr einen lebenden Krebs

zum essen an. Natuerlich ass sie das
nicht. Ach diese Griechen, waren es nun
Daenen oder Griechen die zwar warfen
aber nichts vernuenftiges dabei heraus-
kommt, also werfen nennt man es glaube
ich. Von der Wahrscheinlichkeit, dass es
da Tiere gab die einem gefaerliche sein
koennten wird sie sich den Badespass
nicht vermiesen lassen, wenn etwas
passiert dann passierts eben, so ist das
eben, nicht zu aendern.

Steak Fritt wird sie heute Abend bestellen, es gab eine Verordnung fuer dieses
Gericht es musste eingehalten werden,
man konnte nichts falsch machen, erst
mal sehen was die anderen Leute so
essen, und was dann gut aussieht auch
bestellen. Es waren Hollaender die das
Restaurant betrieben, die Mutter kochte
und die Tochter servierte, der Vater
irgendwie einfach nur da. Die Tochter
jung, und an Fettleibigkeit leidend, so
sehr dass ihr das gehen schwer viel. Am
naechsten Tag blieben sie laenger am
Strand so lang dass die Fischer mit
riesigen Angelruten genau an dem Platz
Stellung bezogen wo sie ihren Platz
hatten, am dritten Tag waren es schon
rechts Angler, links Angler. Womoeglich
angelte die Jacht da draussen auch. Denn
immer war sie da.

Der Spiegel am Morgen immer erschrecken-
der, lange darf sie sich nun nicht mehr
in der Sonne aufhalten, schon

wieder so dunkel.
Das Tennisprogramm startete, auf einem
Hartplatz, purer Beton, was eine Heraus-
forderung darstellte. Die Baelle mussten
mit solch einer Prazision geschlagen
werden, um ein Spiel zu ermoeglichen,
dieser Belag lies keine Fehler zu.
Langarmshirt Stoffhut, und Publikum, die
auf ihrem Balkonen der Ferienapartemens
sassen und standen. Der Platz sah aus
als wuerde er nicht oft bespielt leichte
Risse im Belag, die Baelle eine phantas-
tisch Beschleunigung. Es war ganz klar
welch eine Hotel es war, es hatte den
Charme von alten franzoesischen Filmen
wenn alleinstehende Staedter Urlaub am
Meer machen. Langsam entwickelten sich
Bekanntschaften so auch an diesem
fruehen Abend.

Ein Ehepaar, Franzosen, sie, farben-
praechtig gekleidet dass einem die
Spucke weg blieb, graues kurzes Haar,
nett einfach nur nett, doch das Gesicht
herb, reif. Er, gross, durchtrainiert,
westlich gekeidet, ihre Vorfahrten aus
Schwarzafrika, hochgebildet sehr
kutiviert. So sassen sie beim Aperitif.
Am naechsten Abend auch er afrikanisch
gekleidet, er begleitete ihren Mann in
die naechste Stadt zur Autowerkstatt,
der Sprachkenntnisse wegen. Etwas stimmte nicht mit dem Wagen, kurz vor dem
Urlaub gekauft, ein Kombi tadelloser
optischer Zustand, das erste Auto das
Charlotte seit 20 Jahren besass, beim

Autohaendler im Dorf gekauft. Sie kamen
zurueck die Werkstatt gab Entwarung,
alles ok..
Die beiden Maenner spielten am naechsten
Tag ein Match. Er war wirklich gut, in
der Halle spielte er ansonsten, auch
seine Schlaege sehr praeziese. Am
naechsten Tag der Platz belegt, daneben
noch ein Platz in denkbar schlechtem
Zustand, das Netz richtete Charlotte
notduerfig, es hing herunter nicht
moeglich es so zu richten, dass es ein
richtiges Spiel zuliess.
Am naechsten Tag war die Tuere mit einem
Stueck Draht verschlossen worden. An der
Rezeption fragte sie nach weswegen, er
gehoerte zu den Ferienapartements nicht
zum Hotel. Es war nicht mehr das Flair
der alten franzoesischen Filme, schade
eigentlich. Den Geruch Frankreichs gab
es nicht mehr, jedenfalls fuer Charlotte
nicht.

"Platz!!"

Eine Familie am Nebentisch mit einer
Huendin die die Gepflogenheiten nicht
kannte. Am letzten Spaziergang am Strand
mit Flin, brachte er ihr bei wie man ein
Leben ohne Leine fuehren konnte. Rannte
mit ihr den Strand entlang.
Es war der letztee Spaziergang dort, es

ging zuerueck ins Land er schwarzen
Maennern mit Blutflecken und Knochen die
aus ihnen drangen. Zu teuer jeder Tag
hier, an Entspannung nicht zu denken,
mit
einem Auto dessen Motor einfach ausge-
gangen war, hier tausende von Kilometern
entfernt von zu Hause. Ein Auto tut das
nicht einfach so.

3.Kapitel

Einige Fahrten zum Tennisclub deren
Mitglieder ausser ihnen noch genau drei
zaehlten. Drei Plaetze, zwei bespielba-
re, einem aktiven Skatclubs der vom
Clubhaus des Sportvereins in die Tennis-
sparte umgezogen. In den Bungalow mit
grosser Glasfront, dorthin brachte das
Auto sie noch eine Weile. Dann fuhr er
nicht mehr, Motor kaputt. Flin wurde
durch eine Spritze vom Leiden erlöst das
Einsetzen, eine unheilbare Krankheit war
es.
Kein Kombi kein Flin.

Der Umstieg auf das chice Coupe das
bisher noch in der Werkstatt stand, mit

unloesbarem Problem der Fensterheber,
der Meister gnadenlos ueberfordert
schien, mit dem verschieben der Spalt-
masse, loesbar, es pfiff, aber nur bei
hoher Geschwindigkeit.
Die Kleider die seit Jahren sich in
Schraenken befanden, bei diesen Charlotte nicht war.
Sie sich fuer die Jagd mit Falken und
Flin entschieden hatte, wurden kombi-
niert was das Zeug hielt. Weil ihr Mann
zu sehr spontanen Ausgehtypen zaehlte.
Nicht bemerkt, was sie ihm durch ihre
Jagdaffinitaet entzogen hatte, ihm der
die Eleganz liebte. Vom Entschluss
auszugehen bis zur Umsetzung einfach
wenig Zeit. Die Varianten der Kombina-
tionen unerschoepflich, testete jede,
von Kopf bis Fuss, der Umstieg von
Schnuerschuh ohne Absatz, zum zierlichen
Schuh, hoch, gnadenlos. Vor allemm wenn
eine hoelzerne Wendeltreppe zwischen
Kleiderschrank und Autositz stand.. Alle
Outfits praesentiert, so ging es in das
Leben der Hauptstadt. Das Pfeifen laut
und oft.
Berlin Tag und Nacht.
Ein tolles Leben begann.

Entledigt der beruflichen Verantwortung,
weil hoffnungslos.
Begann sie ein Leben das der Position
ihres Mannes entsprach, er der sogar ein
eigenes Buero im Werk hatte. Dass es

etwas ausgelagert war tat dem Ansehen
keinen Abbruch. Das neue zu Hause ein
Traum aus Flach, keine Treppe nur in den
Keller. Die Fussboeden marmorartig,
Platten in schwarz und weiss, dazu
Bodenplatten, ein Kieselstein an den
anderen, poliert. Das Wohnzimmer auf
amerikanisch, nur fehlte das Kuhfell das
eigentlich ueber dem Kamin haengen
sollte, das Esszimmer englisch. Sie
gestaltete es so, als waehre es eine
Weltreise wenn man es betrat. Aus allen
Laendern typische Accesoires standen
herum. Und die Nachbarn leicht verwirrt,
denn die vielen Teppiche wurden an die
Wand gehaengt. Und Schals aus Seide mit
schoenen Mustern, bekamen den Platz in
neutralen Bilderrahmen ohne Rahmen. Fest
entschlossen sich nun an die Gepflogenheiten des Landes anzupassen. Sassen die
Nachbarn auch bald auf dem Ledersofa bei
der Einweihungsparty. Das Buffet nahe an
der Tuere zum Garten aufgebaut, wobei
sie voll daneben lag mit diesem. Nicht
bedacht dass es ein armes Land war, also
frueher einmal, natuerlich gab es alles,
aber die Tradition war gross geschrie-
ben, und Wurstbrot ass man hier am
Abend.
Die Unterhaltung zaeh.

"Wir haetten eigentlich dieses Haus
nicht, haetten wir keinen Hund gehabt,
er ist tot. Naechste Woche habe ich aber

einen Pflegehund sie war die Freundin meines verstorbenen Hundes."

"Aber dann bitte nur an der Leine!"

"Aber wie kommen sie denn auf diesen Gedanken, dafuer habe ich doch diesen Garten."

"Der Nachbar neben an hat einen Hund, er war fuer den Polizeidienst vorgesehen, taugte aber nicht. Der Nachbar, also ihr direkter Nachbar der hat ihn genommen, als Wachhund."

"Ja."

Sagte nun ein anderer, er hat unsere Katze tot gebissen."

"Tja, wenn die Katze nicht schnell genug auf dem Baum ist, ihr Problem, die Natur ist eben so."

Weil so peinlich darum erzaehlte sie das

mit dem Buero, als Entschuldigung
eigentlich so. Weil es eben so war wie
das eben so war. Es war merkwuerdig
trotz dessen so Eine eingefahren zu
haben, bemerkte sie doch eine gewisse
Vertrautheit, es schien eine etwas
begrenzte Welt. Vielleicht ganz gut,
Charlotte kannte nun mal fuer lange Zeit
nur die Wildnis. Man achtete aufeinan-
der, vorbei die staendige Aabschliesse-
rei wenn man mal kurz aus dem Haus ging.
Die Menschen hatten nun mal die Schuesse
gehoert an der Grenze direkt am Dorf,
wussten nicht ob es Menschen waren die
fliehen wollten, oder Wild.
Direkt an den Feldern und Waeldern
verliefen Betonwege, dort patrouillier-
ten Soldaten der Diktatur.

4.Kapitel

Beseelt von dem Gedanken so wie die
Franzoesin oben ohne am Strand entlang
zu gehen, direkt dort wo die Sonne so
schoen reflektierte am Wasser, begann
das Programm. Nur weil die Figur nicht
stimmt auf einen gebraeunten Koerper zu
verzichten wollte sie nicht. Geradezu

rennend von einer Sportart zur anderen.
Die Zeit war knapp, konnte man es schaffen in einem Jahr den Koerper so zu straffen?
Laufen, Walken, Badminton, Gymnastik, Radfahren alle Muskeln bedurfte es. Nach einer Woche der Blick in den Spiegel loeste trampeln, wuetendes schuetteln der Arme aus, die reine Wut war es. "Wie furchtbar ist das denn! Also dieser Busen, das wird ja nie was, was ist das denn fuer eine Form." Aber wenn sie es sich so ueberlegt, war der Busen dieser Frau am Meer zwar noch etwas kleiner, oder schien es auch nur so?, weil sie eben ganz braun war, es sah nun mal auch so bloed aus weil der Mittelteil weiss war, waere es nun braun, so erschiene ja alles auch kleiner.
Die Bikinihose muesse nur mit Baendern sein, ja genau, und an ihren Enden etwas herum baumeln, damit, sollten noch kleine Fettpolster da sein, von ihnen ablenken wuerden. Die Taktzahl der Gymnastikstunden musste erhoeht werden. Welch eine Benachteiligung man doch hat wenn man mit einem Einteiler rumlaeuft. Dass da aber auch noch nichts erfunden wurde, was die Sonne durchlaesst.
Die Alte war aber auch durch trainiert, "wie Kotz ist das denn!"
Zwei mal die Woche Gymnastik, doch einmal die falsche Gruppe, Rehagruppe erwischt. Beim verlassen schon bemerkt dass die Muskeln anders taten als sonst. Beim Einsteigen in ihren Sportwagen,

schwierig. So stand sie lange Zeit vor
der geoeffneten Wagentuere dachte nach,
wie das Einsteigen am besten ging, da
sah sie sie, diese schwarzen Maenner, es
war ein Wappen. Aus der Entfernung sah
es wirklich so aus.
Und es war ein Kind das es sagte.
Das Polizeirevier direkt an der Schule.

Hatschend im Haus umher, der Ruecken
schmerzte. So die Gelenke verdreht dass
erst mal Pause war, von allem. Erst
jetzt bemerkt, wie viel schon in dieses
Haus gestopft war, bei ihrer Hauswelt-
reise. Vom letzten Winkel der Welt
wollte sie Dinge haben, etwas typisches,
und es gab nun mal dieses Kaufhaus,
gebrauchter Dinge. Oft war sie dort, und
weil nun mal so billig, auch nutzloses
Zeug gekauft. Die zwar in verschiedene
Zeitepochen passte, aber nicht
weltreiserelevant waren.

Im Keller.
Wieder dieser riesen Karton von Jens.
Es war Samstag.

"Ruf mal Jens an!! Der soll mal seinen
scheiss Karton mit Noten abholen!"

"Der ist nicht zu erreichen, habs oefter
mal versucht!"

Die Treppe hoch schallend.

"Das gibt es doch nicht, der muss doch irgendwann mal zu Hause sein! Gib das Telefon mal her."

"Ja."

"Jens?!, ich bins Charlotte."

"Ach, Charlotte ja."

"Weswegen ich anrufe ist wegen des Kartons mit Noten, kannst du den vielleicht mal abholen?"

Wie Jens eben war, er erzaehlte, und erzaehlte und erzaehlte, aber nicht vom Karton. Auch ihr Mann sprach mit ihm. Ungeduldig trippelnd.

"Gieb mir Jens noch mal, nicht auflegen, gib ihn mir noch mal."

"Jens! wir bringen dir den Karton."

"Ja, toll."

Es waren klassische Werke, sehr alt.

"Kann Jens eigentlich so gut Klavier spielen, es scheinen schwierige Stücke zu sein."

Ihr Mann sah sie sich nun auch mal genauer an.

"Ach du Scheisse, das sind Noten aus einer Bibliothek ausgeliehen."

"Waas!! Wir fahren Morgen gleich. Du glaubst doch nicht dass ich hier Noten aufbewahre die dem Staat gehoehren. Wie kommt das denn alles ueberhaupt?"

"Das sind womoeglich Noten die Jens Vater ausgeliehen hat. Er war Musikleh-rer und Hugos Vater hatte ihn engan-giert. Nach dem Tod des Vaters, brachte Jens den Karton zu mir, ich lagerte ihn auf dem Dachboden. Hatte wohl keinen Platz in seiner Studentenbude."

Dachlos fuhren sie die schmalen Strassen
mit unzaehligen Gasthaeusern entlang.
Ein Musiklehrer, ein Musiklehrer aus
Norddeutschland, wie wenn das was
genuetzt haette, laecherlich einfach
laecherlich.

"Sag mal, hat Jens Dich wirklich
tatsaechlich an der Dachkandel haengen
lassem, mit der Antenne im Mund?, oder
so, um einen besseren Funkempfang zu
haben?"

"Klar."

"Irgendwie doch bischen schrappich, oder
nicht?"

Ein Schulterzucken, alles.
Jens mein Fels in der Brandung in diesem
Lokal der Schoenen, der Kunststudenten,
der Kuenstler, der Professoren. Und dort
Jens am Stehtisch mit allen, und Uwe dem
erfolgreichen Rechtsanwalt mit der
flachen Hand auf der Tischplatte
vehemend, er auf ihn einsprach.

"Jens, Du musst doch mal an die Zukunft denken, Du kannst doch nicht immer nur herumjobben!"

"Mir gefaellt das, ich finds toll."

Er, der Chemiestudent, er, dessen Bruder "Berollo" den sie den Suedlaender mannten, weil er eine Hakennase und schwarze Haare wohl hatte. Er Assistent eines Nobelpreistraegers. Das konnte nicht sein.

Immer wenn sie das Lokal besuchte hoffte sie das auch er da war. Es belustigte sie einfach wie normal er war. Seine Hose soll er so lange getragen haben, bis sie die Form seines Koerpers angenommen haben sollte, unverkennbar seine Hose es war. 1/2 Pfuenderbrote soll er als Broetchen gegessen haben, und bei einer Fahrt in den Urlaub hatte er bei den Pausen schon den Camembert gegessen, den ihr Mann mit einem Messer schaelen wollte. Sie freute sich auf ihn. Erst irrte sich ihr Mann in der Hausnummer, gegenueber von Hugos Haus waehre es gewesen, aber dort wohnte er nicht, die zweite Hausnummer stimmte. Eine kleine verkommene Villa, sie parkten.
Er kam ihnen auf der Strasse entgegen. Gut sah er aus, gross und immer noch maechtiger Koerperbau braun gebrannt,

gut sah er aus.

Er voraus ins Haus, die Holztreppen
hinauf.

Der Boden in Mustern gelegt. Welch eine
Bude war das denn, im Dachgeschoss seine
Wohnung. Die Noten landeten auf dem
antiken Kredenz im Treppenhaus. Die
Wohnung eine Katastrophe. Aber war das
ueberhaupt die vollstaendige Wohnung?,
eine kleine Diele, ein Raum mit Herd und
Kaffeemaschine, ein Bett ein Tisch, ein
paar Stuehle, eine Toilette. Ein Zimmer
gab es wohl noch, aber auf der Seite wo
das Kredenz stand. Es war keine Wohnung
es war eine Katastrophe. Langsam
beruhigte sie sich wieder als er sagte,
seine eigentliche Wohnung sei in der
naechsten Grossstadt, hier, er nur
manchmal.

Hugos Haus war es, dort wo im Krieg die
Soldaten wohnten, Hugos Vater hatte es
ihnen wie man sagte ueberlassen, also
ihr Mann erzaehlte es, nun Jens in
diesem Haus, schrecklich.

Doch das war es gar nicht, nach der
Fahrradtour nach dem Kuchen, durch den
viel frequentierten Park von Fussgaen-
gern und der Gruenanlage unterhalb von
Hugos und Janos Schule. Dem nochmaligen
Besuch beim Eis essen, dem Telefonat
einige Wochen danach, war klar, Er hatte
sich fuer Hugo und Janos entschieden,
und zwar schon sehr lange. Und Janos
konnte noch so viel in der Fussgaenger-
zone herum schreien, sie provozieren,
zurueckzuschreihen. So war es nun mal

so, dass sie nichts mit ihnen zu tun
hatte, sie niemals zu ihnen passte.
Hugos Frau hatte was mit Verkauffoerde-
rung zu tun, sagte ihr Mann. Doch viel
verdienen taten sie wohl nicht, Hugos
Haus war in schlechtem Zustand aenlich
der Villa.
Natuerlich war es das groesste im Ort,
aber trotzdem, hier achtet man auf seine
Haeuser. Es muss also Geldmangel sein.
Jens arbeitete wie ihr Mann sagte in der
naechsten Grossstadt.

Auf der Rueckfahrt.

"Sag mal, wenn mehrere Leute bohaem
sind, kann man da Bohaemismus sagen?"

"Nein."

"Denkst Du dass Martin autistisch war,
also Autismus hatte. Wie koennte man
denn sagen wenn mehrere Leute bohaeme
sind. Sagt man dann Bohaemer oder wenn
es eine Gruppe ist Bohaemierer? Aber
Bohaemer sagt man doch auch nicht.
Aber dieses "mus" beschreibt dann wohl
einen Zustand. Aber man kann dann wohl
wieder unterscheiden zwischen Bohaemezu-
stand und eben bohaeme, dem bohaeme sein
eben so. Denkst Du Frank hatte so einen
Zustand, oder war er bohaeme".

"Weiss ich nicht! Was sind das denn fuer Fragen?"

"Also auf jeden Fall glaube ich dass es der Zustand war, er, eine einzelne Personen. Der etwas vermitteln wollte, mit seinem Werk konnte er es nicht, denn haette ich es denn sonst falsch herum aufgehaengt. Viel verdienen konnte er ja nicht damit, das ist womoeglich auch ueberhaupt der Unterschied. Leute die machen was sie wollen, also tun was sie fuer richtig halten, sind doch nicht bohaeme. Das Wort bohaeme ist falsch, es ist ein Wort dass die Kunstwelt womoeglich erfunden hat. Darum die Schwierigkeit es richtig zu treffen. Das Wort soll bleiben wo es will, von mir aus in der Kunstwelt, bei mir hat das auf jeden Fall nichts zu suchen."

"Aber ja, Charlotte."

"Ich sage Dir, der hat mir das nicht verziehen, dass ich auf dem Akademiefasching diese Muelltuete uebergezogen hatte, Schnitte rein gemacht, mit Acrylfarbe bemalt.

"Na also, das war doch aber auch ein starkes Stueck."

"Na was denn!, es war nicht geplant dort
hinzugehen. Es war einer Deiner kurzent-
schlossenen Ausgehtipps, was haette ich
denn tun sollen?, es war
Kostuempflicht!"

"Na also!"

Was war das denn fuer eine Kopfbewegung?
Nicht nicken, nicht schuetteln, eher
kreisend sein Kopf.

"Hoer mal, der war richtig sauer, als er
sprach, geradezu dozierte, vor den
Austern. Als ich sagte er solle mal
darauf achten, dass seine Austern nicht
kalt werden. Wie nennt man diese Dinger
denn, also fuer Kekse nennt man sie
Etageren aber das war groesser, unten
breiter, und nach oben spitz zulaufend.
Huebsch war er ja. Die Frau mit der er
jetzt lebt, hat der sich bestimmt nur
wegen der Adresse rausgesucht. Die hat
doch eine Firma in Amerika nicht wahr?"

"Ja."

"Seine Adressen haben wohl gestimmt,
aber zu Hause war sein Atelier eben im
Hinterhof, wurden da nicht auch Hammel

geschlachtet?"

"Ja."

"Na das muss man sich mal reinziehen.
Auf Campingstuehlen im Hof gesessen auf
dem Atelierfest. Und Du mit der Zigarre
die so lang gelagert war, Du sie mit
Zigarettenpapier geflickt hast."

"Ja,Ja."

"Ich glaube ja, dass der ne versteckte
maennliche Nutte ist."

So jagten sie die schmale Strassen
entlang, der Sportwagen hatte eine S
Taste, sie war gedrueckt.

"Denkst Du diese Sport Taste hat auch
Einfluss auf das Fahrwerk?, irgendwie
kommt es mir so vor als laege das Auto
besser in den Kurven."

"Aber nein, das liegt nur am Motor der
entwickelt dann mehr Power, und wenn man
im richtigen Moment in der Kurve mehr
Gas gibt, hat man den Eindruck dass er
stabiler liegt."

"Ach so, ich frage nur, weil wenn man
die Autorennen sieht, so dachte ich da

seien solche Gummimanschetten an den
Gestaengen an den Reifen, oder sind da
ueberhaupt solche Dinger?"

"Kann schon sein, die haben ja auch eine
ganz andere Konstruktion."

Ins Rheintal runter, und dann nur noch
flach.

"Also wenn ich so an die Leute von
frueher denke ist doch eigentlich
unglaublich, was das fuer ne Truppe war.
Lukas habe ich ja nie so richtig erlebt.
Als Chemiker fuer den Umweltschutz schon
ne major Aufgabe, toll. Wenn ich mal
nenn Strich drunter ziehe, so war mir
Harold zusammen mit Jens der liebste.
Aber als der mir mal erzaehlte, dass er
an der Prostata litt und es auf mangeln-
den Sexualkontakt zurueckfuehrte,
irgendwie auch nicht mehr so. Uwe wollte
wenigstens nur immer Tennis spielen mit
mir, aber der, schon heftig."
Das Auto stand, sie gingen ins Haus, sie
strich ihrem Mann ueber die Wangen.

"Richtig schoen haben wir das hier
doch..

"War Harold Dirigent der Musikhochschu-
le?, oder so Dirigent.
Es herrschte nun mal Frauenmangel in der
Unistadt. Fuer Frauen war`s ja ein El
Dorado, die Chance sich nenn Akademiker
zu schnappen hoch."

Die Lovestory summend den Gang entlang
ins Bad.

"Lukas Schwester hat da zu ganz anderen
Mitteln gegriffen, oder glaubst Du, dass
die in der Wueste entfuehrt wurde?, die
hat sich das doch bestimmt ausgedacht."

5.Kapitel

Die naechsten Wochen verliefen so als
wuerde sie arbeiten. Pecki der Pflegehund kam um 6 Uhr, um 6.30 Uhr im Auto
damit Kerstin puenktlich am Klinikum
ankam, mit dem Bus unmoeglich. Und alles
nur wegen Pecki, man konnte einen Hund
nicht ueber einen ganzen Arbeitstag zu

Hause lassen. Es war eine Ausnahmesitua-
tion, eine Zusatzausbildung zur Hygieni-
kerin fuer die sich Kerstin entschieden
hatte. Die beiden auf dem Ruecksitz, ihr
Mann fuhr.
Weil dieses blonde Gift sich als einzige
in der Lage sah solch hoch komplizierte
Computerarbeiten ausfuehren zu koennen,
und zwar im Buero meines Mannes. Natuerlich war Kerstin nicht mit so was zu
vergleichen, aber, weiblich.
Als sie ihn sah wie er in das Gebaeude
ging, erst gesehen welch ein Prachtexem-
plar er doch war. Und er sprach von
einer Lederjacke, wann interessieren
sich Maenner fuer Lederjacken? Es ist
bekannt, dass sich laut Statistik sich
die meisten Leute am Arbeitsplatz
kennenlernen.
So, und dieser Sportwagen bleibt erst
mal in der Garage

Zu den Klamotten ging sie, schaute mal
so durch, also da befand sich nun
wirklich nichts was der Bringer war.
Mit Pecki den Feldweg entlang, das
Brustgeschirr loeste sie, nahm es ab.
Gesagt hatte sie dass ihr das nicht
passt, und trotzdem war sie in seinem
Buero er unterrichtete sie, in beiden
Faellen eine Katastrophe. Nichts passte
mehr, die Pfunde purzelten immer mehr.
Es gab einen entscheidenden Unterschied
zwischen ihm und ihr. Sie tat alles fuer
sich, selbst wollte sie sich gefallen.

Natuerlich nach dem Vorbild der Frau am
Meer, aber es war nicht unmoeglich.
Gewisse Aenlichkeiten schon zu sehen.
Die zu grossen Klamotten verpackt, und
Kerstin soll gucken wie sie zur Klinik
kommt. Pecki wird sie weiter betreuen,
mehr aber auch nicht. Ich bin doch hier
nicht der Depp, und der Knute der
Ehefrauen wird sie sich sowieso niemals
unterwerfen. Wenns ihr nicht mehr passt,
so ist die Sache hier ganz schnell
erledigt. Ihren Beruf wieder ausueben,
und den, kann man in der ganzen Welt
ausueben, so unabhaengig wie sie war.
Wer kann das denn schon? Wenn`s ums
eigene Leben geht ist alles erlaubt. Man
muss es sich nur selbst erlauben.
Schlimm wenn man es nicht tut.
Toll die Zeit.

5.Kapitel

Die Radien erweiterten sich erheblich,
in den Staedten hier war sie auch, aber
dort gab es so viel Kopfsteinpflaster
mitten in den Fussgaengerzonen. Man
ruinierte sich die Absaetze. Man blieb
regelrecht mit der Absaetzen stecken.

Wenn sie mit Leder ueberzogen waren,
nicht mehr zu retten, auch wenn man sie
kleben wuerde, so doch immer zu sehen.
Wenn aus dekorativen Gruenden mal ein
Streifen eingearbeitet gewesen waehre,
ja kein Problem, ein Schritt, und man
haette es ueberwunden. Aber dort gab es
riesige Flaechen davon. Auf Zehenspitzen
gegangen, welch ein Quatsch, man geht
doch zum Einkaufen aus Gruenden der
Eleganz, da kann man doch unmoeglich mit
solch flachen Schuhen herum latschen.
Und Charlotte ging nur noch hoch, es
trainiert die Beinmuskulatur, und an der
haperte es noch stark. Das Bein an sich
das Problem, speziell die Waden einfach,
zu praesent. Der Traum, einmal einen
Minirock tragen. Die Figur toll, aber
die Beine?, sie wusste dass es eine
Strumpfart gab die Abhilfe schafft. Es
war ein Strumpf der so stramm am Bein
war, er drueckte das Gewebe zusammen.
Der Beinumfang verringert sich, und dann
hatten sie einen Glanz, der das Bein im
Ganzen schlanker erscheinen liess. Alle
moeglichen Geschaefte klapperte sie ab
um diese zu finden. Aehnlich ja, aber
nicht diese. Relativ verzweifelt der
nichtanziehenwollenden flachen Schuhe,
auch der nicht gefundenen Struempfe.

Die Strasse, also so was von breit. Die
Haeuser bombastisch, kleine Fenster, die
Farbe beige ins gelb gehende, Tuerme die
keine waren, auf ihnen einfach flache
Steinplatten. Sie sahen so begleitend

aus, wenn man die Strasse entlang fuhr.
Die Blickpunkte, diese Leuchten,
schwarz, hoch, die Leuchtmittel umringt,
von Glasplatten, quadratisch laenglich,
eng aneinander gefuegt, Art Deco war es.
Die Laeden so weit auseinander, dass man
ein Vesper dabei haben musste, um von
einem zum anderen zu gelangen. Auch wenn
sie versucht war weiter auf ihr zu
fahren.
Die Zeit war knapp heute am fruehen
Abend wollte sie wieder zu Hause sein.
Einige Stockwerke mit neonfarbenen
riessigen Buchstaben. Geparkt, hinein,
Klamotten auf mehreren Stockwerken alles
gebrauchte Kleider. Unfassbar was es
bot. Alles aber wirklich alles konnte
man hier erstehen. Alle Stile vorhanden.
Die Figur veraenderte sich so schnell,
dass es toericht gewesen waere alles neu
zu kaufen. Welch ein Fund, das gesparte
Geld wuerde in Tankfuellungen fliessen.
Und Kleider die nun wirklich niemand
hatte wuerden getragen. Die Kombinatio-
nen kalter Kaffee im Gegensatz zu diesen
die sie nun ueber Wochen hier heraus
schleppte. Oh sie liebte diese Stadt mit
ihrer Weite, Platz hatte man einfach in
ihr. Die Sehenswuerdigkeiten so angeord-
net dass man sie vom Auto aus ansehen
konnte, einfach dran vorbeifahren und
anschauen. Manche so toll, dass einmal
schauen nicht reichte, so kurvte sie
herum schauend, staunend, kein Fenster
kein Holm stoerte im Cabrio. Die Zeit
verging es wurde Herbst. Ihr Mann

wechselte die Firma erst in der Naehe
des Wohnortes, dann im Winter nach
Schweden, Charlotte blieb. Ein Haus fuer
sich alleine, ein Garten der pflege-
leicht war, Berlin in der Naehe, und ein
Flughafen im Hamburg.

Alle 14 Tage war sie dort, ihr Mann in
Daunen gehuellt sie mit einem Kunstpelz-
mantel. Doppelt so dick schien er in
diesem Mantel, Richtung Abfluggate. Mit
transportablen Baendern umringt. Ein
Mann innerhalb des Bandes so leicht
grinsend, doch sie bog ab. Mit diesem
Mantel waehre Schweden wirklich laecherlich. Niemals haette sie die Kaelte dort
ausgehalten. In einem Land wo die Frauen
Wollstrumpfhosen anhaben, Kniestruempfe
darueber, Wollroecke und Stiefel. Aber
dass sie das ueberhaupt taten, loeblich.
Noch ein Eis bevor er abflog mit
Pfefferminzplaettchen im letzten Lokal
ganz oben. Geradezu diebisch freute sie
sich ueber die Szene die sich im Restau-
rant/Kaffeebar-Hallenbereich des
gegenueberliegenden Hotels abspielte.
Diesen Mantel haengte sie an den Garde-
robenstaender, setzte sich in den
Restaurantbereich. Ein Kellner kam sagte
leise, mit leicht eingezogenem Genick.

"Entschuldigen sie bitte, waere es nicht
besser wenn ich den Mantel wo anders
aufhaenge. Also diesen Mantel wuerde ich

nicht unbedingt da vorne haengen
lassen."

Oh wie sie sich freute, das Ding sah
wirklich taeuschend echt aus. Ein ueber
die Massen wallender Mantel aus Nerz.
Oh!, den in Echt, wie sie sich den
wuenschte. Auch wenn die meisten es
ablehnten, sie nicht. Weiss gar nicht
warum eigentlich, diese Tiere werden
dafuer gezuechtet diese Maentel zu
machen. Was die Leute daran schlimm
fanden, nicht zu verstehen. Die Tiere
die sie essen werden doch auch gezuechtet, dann verspeist. Ein Schwein hat
neunmal kein Fell, aber wenn es es
haette?, ueberhaupt unverstaendlich,
dass man keine Kuhfelle fand, unbedingt
wollte sie solch ein schwarz weisses
Fell, es in ihr amerikanisches Wohnzimmer haengen, ueber den Kamin. Also ueber
den offenen, aber der war nicht wirklich
offen. Ein Kaminofen wurde er.
Vom Vermieter ein Kaminofenenergiespar-
teil, also in die Offenkamienoeffnung
gesetzt. Der Kaminbauer setzte ihn ein.
Die Tuere, aber auf die falsche Seite.
Mit der linken Hand musste man die
Holzscheite hinein geben. Es war ein
Ofen fuer Linkshaender. Ihr Mann war
Linkshaender, sie nicht. Mit Backofen-
spray musste man die Glastuere staendig
putzen um den Anschein eines offenen
Feuers zu haben. Weil kein Kuhfell zu

finden war hing jetzt daneben ein
Perserteppich. Schoen, aber er versemmelte den Gesamteindruck. Es war amerikanischer Stiel aber eben nicht richtig
amerikanisch. So was konnte sie fuchsteufelswild machen wenn was nicht
passte. Wenn so viel Kuehe oder eben
Rinder geschlachtet werden, wo sind denn
dann die Felle. Wenn sie jagen ginge,
wuerde sie das Fell ja auch nicht
wegwerfen, waere doch schade darum.

Die Hanse hatte sie erfasst. Im immer
weniger werdenden Abstaenden besuchte
sie sie. An den Landungsbruecken
entlang, zuerst nur Imbissbuden, spaeter
dann Lokale und Kaffees in einem sass
sie dann, es sah aus als sei man
in einem Schiff. Das Wasser war von dort
aus nicht zu sehen, aber die Kontainerloeschanlagen. Etwas weiter noch und man
war an einem Fischlokal spartanisch
eingerichtet. Die Kueche offen, den
besten Seelachs gab es dort mit etwas
Kartoffelsalat, warm, wie zu Hause. Wenn
man mit der Gabel den Fisch zerteilte so
vielen die einzelnen duennen Scheiben
einfach so auseinander das Fleisch ganz
weiss. Es war Fruehjahr die Figur so,
dass sie alles zuliess nur eben nicht
den Minirock. In Hamburg fuehrte sie die
zumeist eigenwilligen Variationen aus.
Die Stadt ein Schrei fuer Eleganz. Die
Maenner irgendwie souveraen mit ihren
Staubmaenteln, uebers Knie gehend, weit
geschnitten.

Eine elegante Strasse mit Geschaeften
der Luxusmarken. Waere sie nicht
abgelenkt vom Sprechen ihres Mannes, und
dem Werbegebilde auf Stelzen der dicht
am Auto entlang ging einen Parkplatz
dort gefunden. Wie -Inn- waers gewesen.
Aber nun, ab ins Parkhaus.

Es war Freitag, Faschingszeit zappend
vor dem TV.
Ein Bericht ueber den Wiener Opernball,
belustigt, aber interessiert. Was machen
die da eigentlich?, wie kann
man denn ueberhaupt an so was teilneh-
men? Nach einigen Minuten aufatmend,
endlich wusste sie weswegen sie es
taten. Es war der Fasching Oesterreichs.
Es war verkleiden.
Das will ich auch.
Am naechsten Abend im Foye der komischen
Oper in Berlin. Sie, im dunkelbraunen
Samtkleid, die anderen in Strassenklei-
dern.
Blickdichte Struempfe, sie in Hosen.
Hohe Schuhe, normale Schuhe.
Die Frisuren normal, sie mit Samthaar-
reif mit Schleifchen. Welch eine
Verkleidung!
Na was haette sie denn erwarten koennen
bei einem Kartenpreis von ca. 100,-
Euro.

"Eine Karte bitte."

Die teuerste bot er an.

"Haben sie keine guenstigere?"

"Doch, 80,-, 50,-, 35,-, 20,- Euro."

"Die nehm ich."

"Aber da sehen sie nichts."

"Das macht nichts, was wird denn ueberhaupt gegeben?"

Sie kannte das Stueck nicht, er gab ihr
einen Flyer mit Kurzbeschreibung des
Stuecks. Kurz beiseite, den Flyer
anschauend, "kenne ich ja eh nicht, ist
mir auch egal." Ich will ja nur in die
Oper.

"Die fuer 20,- Euro nehme ich."

Einer der besten Plaetze war es, ganz
nahe der Buehne, erhoeht. In der Pause

mit einer Colaflasche mit Roehrchen,
lief sie die Treppen mit rotem Teppich
hoch in die oberen Etagen, lief sie ab.
Es muss doch noch jemand geben der auch
schoen angezogen ist, zugegeben nicht
nur das der Grund. Sie sollten sehen,
wie man in die Oper geht. In etwas
betretene Maennergesichter schaute sie,
peinlich betreten, beim Anblick der
Begleitung. Zugegeben es war nun mal
eine Grossstadt in der Kultur eher
konsumiert wird, aber trotzdem,
enttaeuscht, wuetend, wenn sie geweint
haette, haette sie noch nicht mal
gewusste weswegen. Beim Blick in den
Spiegel im Bad der kleinen Pension.
Niemals!
Auch noch mit verschwollenen Augen hier
rumlaufen,
nein!
Alles war da, schwere Buehnenvorhaenge
mit Fransen, rote Teppiche, Balkone, und
dann das, unmoeglich!, einfach unmoeglich!

4.Kapitel

Himbeerkuchen wars nicht, aber Kuchen

mit Himbeeren. Unbedingt am Fenster
sitzen, auf die Innenalster mit Spring-
brunnen wollte sie schauen. Zu tief, zu
weit vom Tisch entfernt. Verkrampft sass
man, bis zum Magen verkrampft.
Die Bedienung mit schwarzem Kostuem,
korpulent.

"Einen Kaffee bitte, mit heisser Milch
und einen Himbeerkuchen."

"Gerne."

"Bitte koennte ich noch ein Glas Wasser
zum Kaffee haben?"

"Aber ja."

Sie rutschte nach vorn um alles zu
erreichen. Also diese Toertchen,
unglaublich, rund, etwas weisses, fest,
daran klebten die Himbeeren, spitz
zulaufend, der Boden hart. Mit der Gabel
versuchend anzusetzen.
Wo nun?, oben?, unten?, mitte?, oben?,
versemmeln tuts das Ding ja eh, egal.

Das Wasser kam.

"Bitte schoen!"

"Danke."

Niemals wuerde sie ja hier sitzen, wenn
die Toilette nicht so schoen waere, und
so gut diskret zugänglich. Die ist so
schoen, dass sie sogar fotografiert
wird. Eine Frau mit ihrer Tochter tat
das.

Heiss wars.

"Koennte ich bitte noch ein Mineralwasser haben mit Eis bitte."

"Gerne."

Als sie es brachte nicht darauf geach-
tet.
So war das Wasser schon im Glas, es
waren eindeutig zu viel Eiswuerfel
darin.

"Ach bitte, ich moechte das Wasser nicht mit so viel Eiswuerfel."

Sie nahm beides, ging.

"Wissen sie bei so viel Eis im Glas ist zu viel normales Wasser im Mineralwasser."

Wie sie sie uebersah, schon lange wollte sie zahlen, auch ihr Kollege tat es. Es blieb nur das zahlen an der Kasse bei ihr. Mit Karte tat sie`s. Fast 30,- Euro schon heftig fuer Kaffee und Kuchen. Aber sie hatte nun mal wirklich oft die Toilette des Hotels benutzt. Wenn sie`s mal hochrechnet, na ja.

Den Fisch mit den Pommes in der Hand blickte sie nach unten an einer der Buden an den Landungsbruecken. Ein Rinnsal ein Gitter darueber, Geld!, das Gitter festgeschraubt.
Nicht unweit ein Laden wo es auch Werkzeuge gab.

"Haben sie Magnete?"

"Ja."

Die Form eignete sich nicht, zu dick am
Ende. Damit konnte man nicht durch die
duennen Schlitze des Gitters.

"Schmaler gibts die nicht?"

"Nein."

Sie verliess den Laden ein paar Schritte, dann wieder zurueck.

"Also diese Magnet, was haben die fuer
eine Kraft, also kann da Geld dran
haften bleiben, beim Abstand Magnet
Geld ca. so 5 cm.

"Da bleibt ueberhaupt keine Geld dran
haengen."

"Aber warum denn nicht?"

"Zu wenig Metallanteil."

"Schade."
Die Strasse weiter entlang, immer noch
Hunger, viel Fisch war ja nicht dran,
eigentlich das meiste nur Teig. So
konnte sie nicht nach Hause fahren, ein
Lokal kannt sie, der Weg leicht. Mit
ihrem Mann war sie mal dort, er ass
Hamburger, sie Chill con Carne. In einem
weissen Emailtoepfchen auf einem
Holzbrett, der Rand blau. Es sah aus wie
ein Esstopf in Gefaengnissen, in Holly-
woodfilmen sah man solche. Mit den
Leeren an den Metallstaeben vorbei, also
der Zellen, um auf sich aufmerksam zu
machen, in so einem Film war mal so eine
Szene. Beide Gerichte waren gut.
An der Bar hatten sie gesessen. Die
Maenner hinter der Bar fit, ganz elegant
mixten sie Getraenke. Auf einmal stand
ein Afrikaner auch hinter der Bar, eine
Flasche Bier in der Hand, mit Kronkorken. Er fuehrte die Flasche zum Mund,
tat so als wolle er den Kronkorken mit
den Zaehnen oeffnen, sie sah das, kurz
vor dem Mund.
Nein!!, schloss dabei die Augen.
Die Flasche danach offen, aber wie
geoeffnet sah sie natuerlich nicht. Dort
ass sie zu abend, es war dunkel als sie
losfuhr.

Fruehjahr

"Charlotte!
Hor mal, wie warm ist es schon bei
euch."

"Na warm."

"Also es ist so, dass ich im letzten
Urlaub eine Frau gesehen habe und die
sah so toll aus. Ich wollte auch so
aussehen, hab ein Fitnessprogramm
gestartet. Jetzt habe ich aber letztes
Jahr einen einteilgen Badeanzug
angehabt. Der Koerper ist in der Mitte
weiss, aber ich will gebraeunt oben ohne
wie sie am Strand entlanggehen. Weil ich
aber nicht so lang an einem Fleck am
Strand liegen kann, und will, weil wir
haben ja nun auch nicht so viel Urlaub,
wuerde ich ja die Urlaubszeit verkuerzen
wenn ich es taete. Nun dachte ich bei
euch ist es ja doch etwas abgeschiedener
und ich koennte den Koerper etwas
vorbraeunen. Saehe sonst nicht gut aus,
das will ich niemand zumuten."

"Klar, komm einfach und fertig."

"Ja, tschuess."

"Tschuess."

Der Spiegeltest positiv, so kann sie
los.
Im Sommer dann perfekt.

"Kannst Du mir das Geld geben."

"Nein."

"Was heisst denn da nein."

"Ich gebe es Dir nicht."

"Das Geld gehoert mir, es ist nur auf
Deinem Konto gelandet."

"Dass Du dann wieder herumfaehrst,
Reisen unternimmst."

"Hab ich doch gar nicht, Berlin und
Hamburg sind doch keine Reisen. Es sind
Grossstadte in der Naehe. Ich sitz doch
nicht staendig in diesem Kaff rum."

"Kannst ja mit nach Schweden kommen!"

"Niemals, ich kann mit meinem Geld
machen was ich will. Ich gehe jetzt
raus, leg das Geld auf den Tisch und gut
ist."

Es lag nicht auf dem Tisch, er schaute
in den Fernsehen. Sie nahm die Landkar-

te, breitete sie aus.
Ganz schoen weit bis dahin.

"Gute Nacht."

"Gute Nacht."

Tja, dann halt nicht, ich lass mich doch
von so was nicht abhalten. Mit dem Auto
kann ich nicht fahren, das Zuendschloss
ist defekt, es funktioniert nicht zuver-
laessig. Es konnte sein, dass man das
Auto ueberhaupt nicht mehr starten
konnte. Dem Monteur hatte sie beschrie-
ben was das Problem war, der ruettelte
auch noch daran rum.
Nein! Nicht!, rief sie. Ein neues Zuendschloss kostet 600,- Euro. Das Risiko zu
gross irgenwo zu stehen und nicht mehr
starten zu koennen.
Eine kleine laengliche quadratische
Reisetasche packte sie, das Noetigste
packte sie hinein.

Jetzt faehrt sie, jetzt gleich. Es war
noch dunkel so gegen 4 Uhr, kein Bus.
Dann eben anders, viele LKW`s fuhren
durch den Ort.
Dort wo sie gut halten koennen stellte
sie sich, hob den Finger, keiner hielt.
Weiter vorne im Ort gab es eine Ampel,
da mussten sie halten. Dort schlug sie
an die Fenster.

"Koennen sie mich bitte mitnehmen?"

Kein LKW nahm sie mit. Ein Kleintrans-
porter der Einstieg nicht sehr hoch,
nahm sie mit.
Im letzten Ort vor der Grossstadt hielt
er.

"Ach, sie fahren gar nicht bis zur
Stadt?"

"Nein, hier vorne biege ich ab."

Es war zwar ein Ort, aber eine
Landstrasse.
Noch wenige Meter und die Autobahn
begann. Dort ging sie nun auf dem Gruen-
streifen entlang. Ein Polizeiauto hielt.
Der Beamte sagte.

"Sie duerfen hier gehen, aber nur hinter
der Leitplanke."

"Ok., danke, Tschuess."

Einige Meter gings ganz gut, doch dann
kam Gestruepp, Aeste der Baeume die bis
zur Leitplanke gingen. Ein Zaun, ein
Weg, doch der Zaun war im Weg. Dann
endlich ein Weg zur Stadt, ab zum
Bahnhof.
Im Abteil machte sie es sich bequem die
Schuhe zog sie aus, mit den Sohlen nach
oben, neben sich zwischen Wand und
Polster. Legte sich schief nach quer
etwas hin, die Fuesse auf einen Teil des
Sitzes nebenan. Alleine war sie im
Abteil. Doch dann kam ein Polizist in`s
Abteil setzte sich gegenueber, quer auf
den Sitz neben der Tuere. Einen riesigen
Ring trug er. Die Haare so kurz, dass es
eigentlich eine Glatze war.

"Ja machen sie es sich nur bequem, man
weiss nicht wann man das naechste mal
zum schlafen kommt."

Sie sass als er es sagte. Ihre Schuhe
klemmte sie nun ganz fest zwischen Wand
und Polster, es vergroesserte die
Flaeche. Doch legen tat sie sich nicht.
Lange blieb er nicht im Abteil.
Bis Karlsruhe fuhr sie, einiges hier
hatte sie sich noch nicht angeschaut,
dann weiter nach Ettlingen, das wollte
sie sich anschauer, wenn sie schon mal
hier war. Die breite Strasse entlang es
war saengend heiss.

Schatten wuerde vielleicht ein Steiten-
weg spenden, aber gingen sie diesen so
koennte es sein, dass er nicht so gerade
verliefe. Kuerzer war es dem Seitenstei-
fen an der Autobahn entlang. Breit war
der Streifen eine Leitblanke gab es
nicht. Einige Meter noch, heiss wenig
Wasser, so schaute sie den steilen
Abhange hinauf, ein Zaun, wieder ein
Zaun den Weg oberhalb, wenn es diesen
geben sollte, nicht zu erreichen.
Ca. noch 100 Meter oder etwas mehr, da
war die Autobahnausfahrt, total anstren-
gend wars. Setzte sich an das Ende des
Abhangs, trank etwas, das musste doch
noch zu schaffen sein. Nicht lange und
ein Polizeiauto hielt. Beide blieben im
Auto.

"Sie duerfen hier nicht gehen."

"Aber man darf auf dem Seitenstreifen
gehen, ich wusste nicht, dass es hier
keine Leitplanke gibt."

"Das ist ganz und gar verboten."

"Aber wo anders darf man es, nur man
muss hinter der Leitplanke gehen,
Ein Polizist sagte es mir.

"Steigen sie ein!"

"Nein, ich will doch nur bis da vorne,
da ist schon die Ausfahrt."
"Steigen sie jetzt ein, sie duerfen hier
nicht sein!!"

"Ok., ich steige ein, aber nur wenn sie
mich an der Ausfahrt, also wenn ich
nicht mehr auf der Autobahn bin wieder
aussteigen lassen."

Einer der beiden war schon ausgestiegen
hatte die hintere Schiebetuere des Autos
offen, draengte mich hinein. Es blieb
nichts als einzusteigen. Der Fahrer
dick, gross, die selbe Frisur wie der im
Zug.

"Wie heissen sie?"

"Sag ich nicht."

"Sie sagen mir jetzt Ihren Namen!!
Ansonsten nehmen wir sie mit aufs
Revier."

Schon von der Autobahn, im Bereich

Ausfahrt.

"Also gut."
Ich sagte ihn.

"Hier koennen sie mich schon aussteigen
lassen, das ist nicht mehr Autobahn."

"Nein."

Sagte der Dicke.

"Wir fahren jetzt ins Revier."

So fuhr sie mit ihnen durch die halbe
Stadt.

"Ihren Ausweis!"

Schaute nach.

"Habe ich nicht, zu Hause vergessen."

Im Revier angekommen.

Ein paar Stufen bis zur Eingangstuer ein
runder Tisch davor in der Ecke. Dort
drauf stellte der Dicke ihre Reisetasche. Durchwuehlte sie, nahm ihren
Geldbeutel, alles nahm er heraus, auch
das Geld.

"Ach schau mal an, Geld hat sie wohl
noch."

"Na hoehren sie mal, was geht sie
eigentlich mein Geldbeutel an."

Er schlug ihr mit der Hand auf`s
Gesaess.

"Unterlassen sie das!! Das hat noch
niemand getan auch nicht sie, das sage
ich Ihnen."

"Oh!, was regen sie sich so auf?"

"Na also! hoeren sie mal!"

Sie gingen ins Gebaeude, erst er, dann
ich, der andere hinterher. Er ging in
den Raum mit den Schreibtischen, setzte
sich und rief meinen Mann an. Wo hat der
eigentlich die Telefon-Nr. meines Mannes
her. Er sprach mit ihm.

"Warten sie mal eben, sagen Sie meinem
Mann er moechte bitte meinen Personalausweiss einfach hierher schicken. Also
ans Revier!!"

Er legte die Hand auf die Sprechmuschel.

"Er kann den Personalausweiss nicht
hierher schicken."

"Aber warum denn nicht?, ich bleibe in
der Stadt und hole ihn dann hier im
Revier ab."

Er legte auf.

"Sagen sie mal, wo haben sie eigentlich die Telefon-Nr. meines Mannes her?"

Er antwortete nicht.

"Wir haben doch eine Geheim-Nr. Also nirgends eingetragen."

"Gehen sie jetzt!"

"Auf wiedersehen. Ach geben sie mir bitte ihren Namen."

"Nein."

"Aber ich muss doch wissen mit wem ich es hier zu tun hatte."

Sehr unwillig gab er mir ein kleines Papier, mit Namen und der vollen Adresse des Reviers. Sie verliess das Gebaeude, ging einige Schritte, kehrte wieder um.

Vor dem Stahltor eine Stahleingangstue-
re.

Sie laeutete.

"Ja bitte."

"Ich bins noch mal."

Es wurde geoeffnet.
Im Eingangsbereich vor dem dicken massi-
ven Fenster mit Metallschublade stand
sie. Der andere kam heraus.

"Also ich habe mir das ueberlegt,
eigentlich muessten sie mich ja wieder
zurueckbringen. Ich wollte nach Ettlingen und nun bin ich in Durlach. Natuerlich sind da oeffentliche Verkehrsmit-
tel, wie sie sagten, aber ich muss die
ganze Stadt durchqueren."

Der andere von vorhin, stand mit aufges-
tuetzten Armen hinter dem Glas.

"Gehen sie jetzt."

Eine Gruppe von Leuten sassen auf
Bierbaenken die auf dem Rasen ihrer
Wohnanlage standen. Mehrere Generatio-
nen, zu ihnen ging sie hinueber.

"Darf ich mich setzen?"

"Ja, bitte."

"Ich muss ihnen was erzaehlen was mir
eben passiert ist. Soeben war ich in der
Wache da drueben. Stellen sie sich vor,
ein Polizist hat mir auf den PO Po
geschlagen, was mach ich denn jetzt?"

"Anzeigen, sofort anzeigen."
Sagten sie.

Beruhigt ging sie nun in Richtung Stadt.
Ueber alle moeglichen Plaetze. An
kleinen Schildern vorbei die an Stangen
hingen, relativ weit oben. Worte darauf
die keinen Sinn ergaben. Weiter auf den
Platz vor dem Schloss. Jede einzelne
Statue die da stand schaute sie sich

genau an. Immer schlimmer wurde es, die
Hand quer ueber dem Mund, das ist ja
schrecklich furchtbar, entsetzlich.
Jetzt aber nichts wie weg hier, keinen
Cent wuerde sie mehr hier ausgeben. Zum
Bahnhof dann aber weg hier. Der naechste
Zug ging erst nach Stunden.

Muede erschoepft auf der Bank auf dem
Bahnhofsvorplatz, direkt an den Stras-
senbahnlinien, dort hin setzte sie sich.
Es war schon dunkel, da wo viele
Menschen sind, wo es hell erleuchtet ist
setzte sie sich auf die Bank, immerhin
hatte sie noch Geld dabei. Erst sass
sie, nickte ein, dann liegend, doch wenn
sie einschliefe koennte es sein von der
Bank zu fallen. Also dann gleich auf den
Boden liegen, das tat sie, direkt an der
Bank. Das Publikum zu fortgeschrittener
Stunde immer schlimmer. Ein Polizeibeam-
ter vor ihr.

"Ist alles in Ordnung?"

"Ja danke alles gut."

Natuerlich wars bloed auf dem Boden zu
liegen. Aber was sollte sie denn tun.
Sie war ja im Bahnhofsgebaeude, aber da
gab es nur Baenke die mit Armlehnen zum
sitzen gemacht waren. Ein Mann hing da,

wollte wohl auch irgendwie schlafen.
Dort konnte man sich nicht hinlegen. Wie
reisendenunfreundlich das doch ist, kann
doch immer mal sein, dass man laenger
auf einen Zug warten muss. Man reist
doch, und dann darf man sich nirgends
mal hinlegen? Also wie bloed ist das
denn.
Schon lange hatte sie eine Frage ueber
eine Behoerde, staendig versuchte sie
die Behoerde zu erreichen. Es gab eine
Ansage mit Oeffnungszeiten, aber auch
waehrend der Oeffnungszeiten ging
niemand ans Telefon. Sie gabs dann auf,
vielleicht koennten die Beamten in der
Bahnhofspolizeiwache ihr das beantwor-
ten. Zeit hatte sie ja noch.
Wo war nur die Wache?, in der Baeckerei
fragte sie. Jetzt erst fiehl ihr das
Schild auf. Die Treppe hoch, klingelte.
"Bitte ich haette eine Frage."

Sie trat ein, mehrere Beamte dort. Ein
Tresen auf einen ging sie zu.
Sie fragte, nervoes wurde er, ging weg,
kam wieder.

"Bitte haetten sie mir einen Kugelschreiber?"

Er ging hinter seinem Tresen hin und
her, einen Kugelschreiber gab er mir.

"Also wissen sie das jetzt?"

"Nein weiss ich nicht."

"Ok., darf ein Polizist mir auf den
Hintern schlagen? Ist mir in einer Wache
passiert."

Ein Beamter gross, muskuloes, dunkle
Haare, die anderen hatte die selben wie
der im Abteil. Alle hatten brutale
Gesichter, das war wohl die ganz harte
Truppe hier am Bahnhof.

"Wissen wir nicht, machen sie jetzt dass
sie hier rauskommen!"

Schnell ging ich, erst unten an der
Treppe bemerkte ich dass ich noch den
Kugelschreiber in der Hand hatte. Wieder
hoch, klingelte.

"Ja bitte."

"Ich habe versehendlich ihren Kugelschreiber mitgenommen ich will ihn
zurueckbringen."

"Koennen sie behalten."

Sie oeffneten nicht mehr, vor die Tuere
legte ich ihn. Nachher sagen die noch
ich haette ihn gestohlen. Also das kann
doch alles nicht wahr sein.
Eine Polizeistation kannte sie noch,
nicht weit entfernt, dort gehe ich noch
hin.
Wieder die Klingel.

"Ja bitte."

Eine grosse Wache war es. Schwere
Holztuere, rund der Eingangsbereich,
also eine Halle glattpolierte Steine
ueberall, Saeulen. Dem Beamten erzaehlte
sie nun alles, wie sie ueberhaupt in die
erste Wache kam. Er sagte es sei eine
Ordnungswiedrigkeit gewesen, und die
koste Geld, also auf der Autobahn zu
sein. Zum anderen sagte er irgendwie
nichts konkretes.

Es war bald Zeit, der Zug ging.
Es ist nunmal sexuelle Noetigung, began-
gen von einem Beamten dieses Staates.
Fuer sie war es so, eine Erniedrigung
wars.
Es blieb nur der Weg sich an die fuer
die Polizei zustaendigen Behoerden zu
wenden. Mit dem Ergebniss es war keine
sexuelle Noetigung, rechtlich keine
Chance. Auch der Vorfall bei der Bahnpo-
lizei war in ihren Augen nicht in
Ordnung. Jedoch sagten die Beamten dass
ich mehrere Plastiktueten dabei gehabt
haette, das hatte ich nicht. Also hatten
sie gelogen. Auf die Luege machte sie
die Behoerde telefonisch aufmerksam. Mit
dem Ergebniss dass die Damen mit der sie
telefoniert hatte auch wieder log. Denn
sie behauptete das Telefongespraech
haette fast eine halbe Stunde gedauert.
Und ich haette geredet und gerede, auch
das eben eine Luege, es war nicht so.
Es gab keinen Grund sich mehr damit
aufzuhalten.

6.Kapitel

"Hallo ich bins, ich wurde aufgehalten

ich komme spaeter."

"Verpasst hast Du eh nichts, hier ist
vielleicht was los."
"Warum, was denn?"

"Hartmut rennt auf dem Rasen rum. Mutter
sagt er seih unkorrekt gekleidet. Sie
beobachtet das ganze von ihrem Zimmer
aus, sie amuesiert sich so darueber.
Und Almut besteht darauf ihr Fest in
einem weissen Zelt abzuhalten. Einen
Gang zum Toilettenwagen hat sie sogar
aufbauen lassen, alles ganz in weissem
Stoff. Aber es ist nunmal ein Toaletten-
wagen. Mir ist das ja alles egal, sollen
machen was sie wollen."

"Eben, ich komm dann einfach spaeter."

"Gut, wenn Du da bist, bist Du eben da."

"Genau."

"Tschuess."

"Tschuess."

Die Schwedenzeit war zu Ende, sie war es

schon beim Geldgespraech. Der naechste
Job war in Deutschland.

Die Sonne super der Terasse herrlich im
Spaetsommer.
Sehr duenn, als er nach Hause kam,
natuerlich war das Essen nicht gut dort.
Aber es lag an einem Defekt, ein Defekt
an der Speiseroehre. Eine Ausbuchtung in
die das Essen floss, sich darin sammel-
te, wie in einem Sack, was es auch war.
Immer groesser war er geworden. Eine
Erbkrankheit wars die Tante hatte es
auch. Gut war, dass das Ding immer
groesser wurde. Man konnte es dann
besser operieren, sagte er, invasiv
entfernen eine Schlinge irgendwie darum-
legen, abtrennen warscheinlich. Eben
nicht von aussen schneiden, darum warte-
te er.
Eine spezielle Schlucktechnik und es
funktionierte. Das Essen ging in den
Sack, der Rest irgendwie daran vorbei.
Wenn der Sack voll war, wurde er durch
Wuergen irgendwie gelehrt, also wie
brechen war es. Schwierig weil es gesch-
ah nach jedem Essen. Schwierig, aber es
musste so sein, so schnell wie moeglich
wollte er wieder in den Job, bei invasiv
moeglich.
Doch das war nicht mehr in Ordnung,
schlank, duenn, abgemagert, abgemagert
war es

Es war noch nicht so spaet nach dem
Essen, obwohl wenn man bedenkt wie lange

es gedauert hat, einmal waren die Pommes
noch roh innen, dann wieder zu heiss
fritiert. Erst beim dritten mal konnten
sie gegessen werden.

Ging zur Rezeption.

"Bitte wann geht der naechste Zug?"

Bis sie bezahlt hat und am Bahnhof ist,
nicht zu schaffen.

"Wann geht denn noch einer?"

"Das ist der letzte."

Griff zum Telefon, Accu leer.

"Bitte mein Accu ist leer, koennte ich
es hier aufladen?"

Ein anderer Mitarbeiter der wohl Manager
war sah in einer Kabelkiste nach einem
Ladegeraet.

Rief zu Hause an.

"Ich habe den letzten Zug verpasst."

Es war kein richtiges Sprechen mehr,
ganz leise roechelnd, husten.
Ging ins Restaurant bezahlte.
Das Telefon lud dort.

"Bitte, meinem Mann geht es sehr
schlecht, ich muss einen Notarzt benach-
richtigen."

Er waehlte den Notarzt, reichte den
Hoerer.

"Bitte meinem Mann geht es sehr
schlecht, er kann sich nicht mehr
artikulieren. Ein Notarzt muss hin."

Ihren Namen die Adresse wo ihr Mann war,
gab sie an.

"Wir sind nicht zustaendig da muessen
sie die Nr....... anrufen."

Er waehlte.
Sie sagte alles noch einmal.
Diese Stelle erklaehrte ihr, wer sie
sind, und wohl auch nicht zustaendig.
Sagten aber es muesse der diensthabende
Arzt, also ein normaler Arzt der Bereit-
schaft hat, angerufen werden.

Er waehlte wieder.
Er sagte mir, dass er keine Zeit habe,
sprach von Hand auflegen.

"Also wissen sie was sie da sprechen.
Meinem Mann geht es schlecht, kann nicht
mehr richtig sprechen."

"Ich brauche die Einwilligung ihres
Mannes, dass er behandelt werden moechte."

"Aber wenn er nun ohnmaechtig ist, kann
er ja auch keine Einwilligung mehr
geben."

Er legte auf.

Wieder waehlte der Mitarbeiter, konnte
das ganze auch nicht mehr verstehen,
unverstaendlich wie auch ihr.

Die Leitstelle die die Nr. des Arztes
gab.
Was der Arzt sagte, sagte sie auch
ihnen. Es wurde kein Notarzt geschickt.
Nahm ihr Telefon, ging Richtung Bahnhof.
Am ganz fruehen Morgen ging ein Zug,
eine Karte loeste sie. Vom Bahnhof
sofort ins Krankenhaus.

"Nach Hause werde ich nicht mehr mit Dir
fahren, sofort ins Krankenhaus. Diese
Verantwortung uebernehme ich nicht mehr,
Schluss jetzt."

Zu schwach zum gehen, im Rollstuhl die
letzten Meter bis Notaufnahme, auf sie
gestuetzt.
Er blieb dort.

Kam nach einigen Tagen wieder, Kebs, das
Geschwuehr drueckte die Speiseroehre ab.
Kuenstlich musste er ernaehrt werden.
Ein Skelett war es, sogar die kuenstli-
che Nahrung ein Problem. Zu viel durfte
es nicht sein, genau abgestimmt werden.

Die Zellen konnten die Nahrung nicht
mehr aufnehmen. Wuerde die normale
Kalorienzahl zugefuehrt so wuerde der
Fall wie bei den verhungerten Kinder in
Afrika eintreten. Die Baeuche aufblae-
hen, der Koerper kann es nicht mehr
verwerten. So erklaerte es die Damen,
die die Nahrung nach Hause brachte.
Pflegedienstschwestern schlossen ihn an.
Ein Bett im Wohnzimmer, eins im Schlaf-
zimmer. Die Flaschen an Staendern, bis
zur Chemotherapie musste er stabilisiert
werden. Dann die Erste, mit dem Auto
fuhr er. Am Abend konnte er die Klinik
wieder verlassen. Er wurde angeschlossen, die Nacht eine Katastrophe, er
brach und brach.
Am Morgen rief die Damen an, die die
Nahrung lieferte.

Sie hatte gesehen in welchem Zustand er
war, ich schilderte den Fall. Sie sagte
sofort, "rufen sie sofort einen Krankenwagen, ich habe ihren Mann gesehen, er
ist nur noch ein Schluck Wasser in der
Kurve," ich tat es. Wieder wollte keiner
kommen, lange musste sie den Fall schildern. Endlich kam einer. Mit dem
Rollstuhl, seinem Gepaeck fuehrs
Krankenhaus wurde er in den Krankenwagen
gesetzt. Ein Winken, sass er darin. Er
blieb erst mal fuer einige Tage, denn es
wurde ein Fehler der Schwestern gemacht.
Sie hatten kein Wasser angeschlossen bei
Chemo Lebensgefaerlich. Ein foellig neue
Nahrungszusammenstellung musste er in

Krankenhaus bekommen, Es war ein Rueck-
schritt. Die Chemo war schon auf einen
Turnus von 14 Tagen eingeplant, nun
nicht mehr moeglich. Eine noch vor der
OP., diese vertrug er gut, er fuehlte
sich sogar wohl, wenn man bei einem
Koerpergewicht von unter 50 KG. davon
sprechen konnte.

Er wusste was vor ihm lag. Der Brustkorb
musste geoeffnet werden auch die Knochen
aufgesaegt.
Er sah sich Kochsendungen an.

Dann die OP. ca. 4 Tage Intensiev,
schnell eigentlich auf der normalen
Station. Dann eine Lungenendzuendung
ueberaus schwer. Der Schreck gross als
er nicht in seinem Zimmer war, sein
Zimmernachbar sagte, er haette die ganze
Nacht fast keine Luft bekommen. Er habe,
also der Nachbar, haette staendig
geklingelt.

Zur Untersuchung haben sie ihn abgeholt,
dann soll er kollapiert sein. Eine
Krankenschwester rannte mit einer Sauer-
stoffflasche an ihr vorbei.
War es fuer ihren Mann? Wie alles
eigentlich verlief wusste sie nicht,
niemand sprach mit ihr, keine Info der
Aerzte, niemals seit der OP.

Im Warteraum der Intensievstation, zwei
Damen des Angehoerigendienstes kamen auf
sie zu. Fragen ob ich Hilfe benoetige.

Sie verneinde, dann sagten sie ob ich
mich schon mit dem Gedanken beschaeftigt
haette dass mein Mann stirbt. Erst jetzt
wusste sie wie schlimm es stand. Sie
konnte das nicht glauben.

"Ein Kaempfer ist mein Mann."

Die Oberaerztin der Station, ein anderer
Arzt, ihr gegenueber.
Aus aerztlicher etischer Sicht konnten
sie es nicht mehr verantworten ihn bei
vollem Bewusstsein zu lassen. Ins Koma
musste er versetzt werden. Nierenversa-
gen kann kommen, innere Organe ihre
Arbeit einstellen. Ob ich Lebensverlaen-
gernde Massnahmen wolle?

"Aber natuerlich!, alles was geht, mein
Mann ist ein Kaempfer. Er war schon mal
sehr krank, hat`s auch wieder
geschafft."

Die Frau zeichnete das duestere Bild.
Der Mann mischte sich nun ins Gespraech,
irgendwas von Trennagen in den Lungen
war glaube ich die Rede. Sie sagte dann
ob ich einem Trachialschnitt zustimme.
Nicht mehr reden koennte er dann.

"Ja wie soll ich denn das entscheiden,
er kann dann niemals mehr reden?"

"Aber nein, spaeter kann er wieder."

"Was ist eigentlich mit diesem Diferfi-
cel ist das jetzt weg?"

Der Arzt.

"Nein."

"Aber das muss unbedingt weg."

Ein Patientenverfuegung musste gemacht
werden.
Sie nahm das Formular, versuchte so gut
es ging die Punkte mit ihrem Mann noch
durchzugehen, auch er machte noch
Kreuze, die Atmung schwer.

Dann wars soweit am naechsten Tag allei-
ne im Zimmer. Mit weissen Bieberunterla-
ken abgedeckt, sein Kopf sah man nur
noch, eine Maske ueber den Augen. Pflas-
ter ringsum Plastikhauben bedeckten die
Augen. Etwas weisses an den Augen, wie
Salbe sah es aus ganz leise Musik,
Klangfolgen.
Sie sprach mit ihm, ins Ohr.
Auch wenn er schlief reagierte er, sie

hatte den Eindruck er hoerte sie.
Wie sie es jetzt immer tat, jeden Tag.
Ihn besuchen, es weiter tun.
Die Aerztin, aus Russland stammte sie
wohl, gab wenig Hoffnung. Davon dass die
Lungen nicht mehr funktionieren voller
Schleim seihen, sprach sie, Tennagen
waren gesetzt.

Am Abend war es Zeit die Familie von
diesem Zustand zu informieren.

Wieder und wieder an seinem Bett, die
BeatmungsMaschine lief. Aber auch er
atmete. Ein Arzt den sie schon oefter
gesehen hatte auf der Station, kam auf
sie zu.

"Wir muessen den Trachialschnitt machen,
er wird nachher gemacht. Sie sind
einverstanden damit?"

"Ja wenn das noetig ist, ich kenne mich
nicht aus, alles was noetig ist muss
geschehen."

"Der Schnitt wird jetzt gleich gemacht."

Den Arzt hatte sie schon oefters auf der
Station gesehen. Er war ihr nicht unsym-
pathisch. Minuten koennen zu Stunden
werden vor der Klingel der Intensievsta-

tion.

"Ja bitte."

"Ich noechte zu meinem Mann."

"Moment."

Schrecklich.

"Sie koennen durchgehen."

Aufatmen, nach 3 Tagen holten sie ihn.
Er war wach, Unmengen von Schleim floss,
in den naechsten Tagen atmete er, die
Maschine zur Unterstuetzung zugeschal-
tet. Es ging aufwaerts, das Gewicht
abwaerts.

Am Anfang schleichend, verkrampft an den
Raeumen mit den hohen Eingreifbetten
vorbei. Auch er lag in solch einem, mit
jedem Tag wurde der Schritt sicherer,
sah gezielt in die Betten. Natuerlich
waren das schwerkranke Menschen, aber
wars ein Grund sie darum nicht anzuse-
hen. Manche schauten auch zurueck, die
Scheu vor dem Krankenhaus verlor sich

immer mehr. Mit so viel Desinfektions-
mittel an Hand und Armen, was sollte
schon passieren. Und weswegen sollte sie
denn immer nur so leise sprechen, und
sein. Die Zimmernachbarn wechselten oft.
Schlimme Dinge sah sie in dieser Zeit,
einmal einen Mann, die Bettpfanne, die
herausgezogen wurde voller Blut.
Die Maschine stand, er atmete selbstaen-
dig. Es war wohl einer Krankenschwester
zu verdanken, dass sich sein Zustand
immer mehr verbesserte. Sie gab mir den
Tip Peelingpaste zu besorgen die Haende
zu behandeln. Die normale Besuchszeit
weitete sie aus, wenn sie da sei, kein
Problem. Sein Bereich verwandelte sich
immer mehr zum Beautysalon, Handbaeder,
Fussbaeder in den Plastikschuesseln, die
sie aus den Schraenken nahm. Massierte
Arme und Beine mit Massageoel. Eine
Lokopaedin die mit ihren Fingern mit
Stoff umwickelt das unteren Zahnleisten-
fleisch entlangstrich 4 mal links, 4 mal
rechts. Es diente wohl dazu etwas
anzuregen.

"Werden Dir auch die Zaehne geputzt?"

Kopfschuetteln.
Wenn es zur Anregung dienen sollte,
warum dann nicht vielleicht mit einer
ganz weichen Zahnbuerste auch den oberen

Bereich anregen, Schluckmechanismus.
Mit etwas Logik, seine Zunge lag danie-
der, was geschiet wenn man die Zunge
bewegt? Speichelfluss.
Speichel das erste was den Magen
erreicht.
Charlotte ging einkaufen, gut haendelba-
rer Block,
Filsstift mit Klipper, Zahnbuerste super
weich.
Salbeitee, aller erster Qualitaet. Den
Block, gut neben sich im Bett zu
deponieren, mit Filz gings besser zu
schreiben. Zahnbuerste und Tee kamen am
naechsten Tag zum Einsatz.

Einen ganz starken Sud, Stunden gezogen,
in ein Glas mit Deckel, so begann die
naechste Phase.

Vor dem Tresen der Anmeldung der Station.

"Darf man ihm die Zaehne putzen?"

Viele Leute die dahinter waren, an den
Monitoren sassen, herumliefen, alle in
diesen gruenblauen Kitteln mit Hosen.
Eine Frau mit kurzen blonden Haaren, oft
hatte sie sie schon gesehen auf der
Station, beim hin und herlaufen auf dem

Gang, wusste wer sie war.
Auch manchmal mit diesem schwarzen
Hoerding am Ohr.

"Wenn, dann haben wir hier Zahnpasta!"

Oh jeeh, spezielle Zahnpasta.

Am naechsten Tag.
Saft stand auf dem Block.

"Was Saft?"

Unglaublich.
Sein Kopf hob sich sogar, eindringlich
den Kopf leicht nickend, die Augen weit
aufgerissen.
Sie fragte eine Schwester.

"Er darf etwas trinken, aber nur ganz
wenig die Gefahr, dass er sich
verschluckt ist gross."

Jetzt nach so langer Zeit, Waden sieht
man schon wieder.